KB211590

그대,
살다,
잊다

그대,
살다,
잊다

김영호 지음

북노마드

작가의 말

살아가는 동안 부딪히는 수많은 일들. 그 속에 마주하는 행복, 좌절과 서러움이 점철되어 인생이라는 긴 항로를 그려놓습니다. 사람들이 살아가며 겪는 수많은 행복과 서러움의 감정들은 서로 닮은 듯하면서도 사실은 나이에 따라, 성별에 따라 깊이나 의미가 다른 것 같습니다. 내 인생의 행복과 서러움을 마주하노라면, 언제든 당신의 기쁨과 슬픔의 이야기들이 궁금해졌습니다.

역사의 진보를 통해 삶의 모양새는 더욱 다양해졌지만, 그만큼 정신적인 장애 또한 다양한 모습으로 자라나는 시대가 아닌가 싶습니다. 우리는 수많은 잡념과 고민 속에서 세월을 보내는 사람들을 목격하고, 때로는 스스로가 방황하는 자신이 되기도 합니다. 그들이 고뇌하는 것의 대부분은 해답이 명쾌하지 못하기에, 인생이라는 험난한 항해 속에서 대부분의 삶은 흔들거리며 나아가고 또 난파선처럼 앞으로 나아갈 힘을 잃기도 합니다. 삶은 고통이 되고 끝없는 풍랑 앞에서 포기하고 싶은 마음이 자꾸 일기도 합니다.

그러나 사람들은 배의 본래 목적이 흔들거리며 나아가는 데 있다는 것을 잊었나봅니다. 우리가 배라면 파도를 두려워하지 않고, 흔들리는 것을 두려워하지 않고 출렁이는 파도를 타고 앞으로 나아가야 할 것입니다. 그래야만 그 어떤 날, 우리가 정박하여 쉼을 누리게 되었을 때, 조금이나마 파도를 그리워하게 될지도 모릅니다. 그런 마음에 제 안의 글들을 내려놓아 책으로 엮게 되었습니다. 정박하여 쉬는 이들과 계속 파도를 타고 항해하는 이들에게 인생의 고민을 함께 나누고 정리하는 '쉼'이 되면 좋겠습니다.

살아가는 동안 우리가 할 수 있는 일은 그리 많지 않습니다. '만나고 헤어지고' 단 두 가지의 일이 인생의 전부가 아닐까 하고 생각했습니다. 만남과 헤어짐의 길, 복잡할 수도 없고 복잡해서도 안 되는 그 길 위에서 말입니다. 태어나 세상을 만나고 부모를 만나는 것. 누워 있고 기어다니다 마침내 온전히 제 힘으로 두 다리로 서서, 세상 속 친구들을 만나고 헤어지고, 연인과 만나고 헤어지는 삶. 또다시 무언가와 누군가와 만나고 헤어지고…….

결국에는 나를 세상에 존재하게 해준 부모와도 이별하고, 시간이 더 흐른 뒤에는 나 스스로도 이 세상과 이별하게 되는 것. 그렇게 모든 존재들이 만나고 헤어지는 것이 우리 삶의 전부가 아닌가 생각했던 것입니다. 만남과 헤어짐을 하나의 고리로, 또 자연스러운 것으로 받아들이는 순간 저는 삶을

넉넉하게 바라볼 수 있는 힘을 갖게 되었습니다. 이 책을 읽는 분들과의 만남과 헤어짐 또한 저는 기쁘고도 슬프게 여기며 항상 추억할 것입니다.

인생이라는 긴 항로에서 마주한 잠깐의 '쉼'처럼, 이 책에서 당신이 마주하는 이야기들도 다시 파도로 나아갈 힘이 될 수 있기를 바라봅니다.

2013년 깊은 가을,

아름답게 흔들리는 당신의 삶을 응원하며

김영호

차례

바람을 닮은 사내

그런 바람이 될 겁니다

무언가를 갖고 싶은 마음에 하루를 살고, 무언가를 느끼고 싶은 마음에 뒤를 돌아봅니다. 삶이 그저 바람처럼 느껴지길 바랐건만, 여전히 그렇지 못한 것은 아직 욕심이 많은 까닭입니다. 아프게 또 저리게 늘 이별하는 것이 인생인데, 이별에 익숙하지 못합니다. 낯선 곳으로 갈 수 없어 자꾸만 익숙한 것들을 움켜쥐고 놓지를 못합니다. 가슴에 묻지도 못하는 사연들을 내 삶 위에 초라하게 던져놓고, 나는 여기에서 그저 다시 오늘을 살아갑니다.

언제쯤 그대를 보낼 수 있을까요? 언제쯤 가슴에 던져둔 미련이 사라질까요? 언제쯤 두 손에 쥐고 있던 욕심의 칼을 버릴 수 있을까요? 제대로 버리는 일이 자꾸만 어렵습니다. 사람들은 너무 쉽게 말합니다. 사는 건 그저 여행일 뿐이라고,

모든 걸 내려놓고 가면 된다고. 그러나 일상이 움켜쥐고 있던 익숙한 것들을 내려놓으려 주먹을 펴는 것은 결코 쉬운 일이 아닙니다. 오늘도 가슴엔 뜨거운 피가 끓는 탓에 홀로 서는 일은 외로움이 되고, 두려움이 됩니다.

그래, 나는 바람이 되기로 결심합니다. 보이지 않지만 느낄 수 있고, 느낄 수 없다면 여행을 떠나야 보이게 되는 그것. 무의미해 보여도, 허탈해 보여도 나는 비로소 투명한 바람이 될 겁니다. 때 묻지 않은 바람, 향기만 묻어 있는 바람. 그런 바람이 되겠죠.

이제 가방을 내려놓고 하나둘씩 꺼내어봅니다. 사랑 연민 욕심 외로움 서글픔 그리고 미련까지도. 사는 게 그저 여행일 뿐이라고, 벌거벗은 내가 말해봅니다. 조심스레 부끄러움 없는 여행을 꿈꿉니다. 그러니 그대, 어느 날 내가 무심하게 그대를 지나쳐 떠나가더라도 서운해 말았으면 합니다. 그대를 잊은 게 아니라 사랑해서 칼을 놓고 살아가는 것뿐입니다. 두 손 가득 쥐고 있던 욕심을 내려놓고 투명한 바람이 되어 여행을 떠나는 것뿐입니다. 나는 바람입니다.

하얀 그림자

—

나는 누구인가

달빛 아래 서러움

잿빛 그리움에 하늘을 보면

사나운 짐승

하늘을 잊고 살고 자꾸만 멈추어보면

그리운 삶이 가고 어느새 외톨이 되면

하얗게 눈 내린다

아무리 숨기려 해도 하얗게 드러나던 고집

어느새 목을 조르는 그대의 가녀린 손에

의미 없는 내 삶이 살해당한다

나는 누구인가

돌아볼 여유도 없이 그저 살아갈 뿐

설원에서는 미움도 슬픔도 그리움도

삶도 하얗게 하얗게 덮여간다

뒤돌아서 가는 어제를

돌아봐도 어느새 지워진다

무심한 눈 속으로 사라지는 하얀 그림자

지워지는 발자국

하얗게 불어오는 바람

떠나는 세월

낮설게 다가오는 바람이 있다
무심한 얼굴로 앞으로 가는 일상
뒤돌아보지도 않고

떠나는 세월이
비를 맞으며 떠나면
후회가 남는 물살만
길게도 흔들리다 사라져간다

아무도 싣지 않은 배가 떠나듯
사공도 없이 물살을 일으키며
앞으로만 앞으로만
후회와 눈물로 물살을
보내고 떠나는 인생이다

사연도 없는 기러기처럼

철새도 아닌데

떠나가는 우리가

빈 배를 쫓아

굽이굽이 물살만 쫓아서

이리저리 흔들려 떠내려간다

벗어버리고 싶은 날

—

비 내리는 도시
모두가 떠난 빈 그리움
젖어버린 가슴
외로움이 찾아든 망연한 환상
따스한 커피 위로 여리게 흐르던 음악

빗속을 간다
웃옷을 벗고 하나씩 벗어버리면
어느새 알몸이 된다
바람에 스치는 살결을 따라
온통 전해오는 그 쾌감
이 알 수 없는 오르가즘을 끌어낼
망연한 환상
빗소리에 눈을 감고 숨을 머릿속 가득 넣어버리면
환각처럼 내 안의 세상이 열린다
아무도 볼 수 없는 내 안의 세상

거울

—

나 하나
반대편에 너
하나가 둘이 되거든
자꾸만 바보가 된다

마주친 두 얼굴에
하나의 생각이 만나면
어린아이 욕망처럼
자꾸만 철없어진다

만날 수 없으면서 하나가 아니면서
둘은 자꾸만 하나가 되길 소망한다
나 하나
반대편에 너
마주선 둘이 제 몸을 보여주며
내 안에 살라 한다

그 안에 산다는 건 두 번 죽는 거라며
날 사랑한다면 나와 닮아가라며

꽃비

꽃길을 따라 떨어지는 비가

차가운 겨울을 밀어내버린다

꿈속에서 보이던 눈보라가

꽃잎 속에 물들면 벚꽃 되는데

아련한 눈망울 속 기억이 비춰지면

어느새 봄비가 흐른다

적셔지는 어미

마음에서 손등을 타고 떨어지면

후회가 되는 세월이 온다

뒤늦게 알게 된 현실이

겨울일까

벚꽃처럼 날리며 찾아온

후회가 눈보라가 될지

계절이 바뀌어가듯

내 맘도 바뀌어가는데

선택은 간단하게도

지금부터라 한다

뒤늦게 찾아오는 진실 속에서

뒤늦게 알게 되는 후회가

내게는 계절이다

바뀌어가는 그 계절

흉터의 역사

—

하얗게 펄럭이던 열망 속

천사의 날개를 달려 했던

푸른 들 위 그 바람에

비가 내리면 눈물이 삶을 지배한다

하늘 끝으로 계단을 놓고

도둑의 맘으로 하늘을 보면

우리가 지은 죄를 숨길 수 없어

밤새도록 하늘이 운다

사납게도 으르렁거리던

천둥 속에 용서할 수 없는

응징의 번개를 내리치면

어느새 에피탑은 모래 속으로 사라지는데

영원히 바람은 천사의 날개를

훔칠 수 없음을 알게 된다

아, 하늘 아래 가여운 우리

영원히 들 위로 자유로운 바람으로 살다 가야 한다

풀숲을 흔들며 물 위로 달리며

꿈을 잊은 채 묻어버린 채

모래 속을 파헤치며 열망 속 에피탑이 세워질 때까지

지금은 아픈 상처일지라도

사랑과 이별 그리고 내 삶. 그건 흉터의 역사다. 사랑이 떠나가면 비가 오고 눈물이 마르면 겨울이 간다. 겨울이 지나면 또 꽃이 필 테지. 계절이 변하면 모든 게 지워지게 마련이다. 그러니 우리 그리우면 모여 살아도 좋다. 외로우면 떠나도 괜찮다.

바람처럼 홀연 떠나곤 한다. 나는 늘 바다를 꿈꾸고, 하늘을 나는 새가 되길 바라본다. 바람처럼 떠도는 시간 동안 수많은 상처가 나고 행여 그것들이 흉터로 남을지라도. 나는 다시 떠난다. 바람처럼. 지금은 아픈 상처일지라도 시간이 흐르면 아물어갈 테고, 먼 훗날 만지게 되는 흉터는 삶의 위안이 되어줄 것이다.

몸에 수많은 흉터가 생겨나면 힘들어도 사람답게 산 것이겠지. 그리움에 익숙해지면 어느새 눈물은 더이상 의미가 없다. 지금 내가 그리우면 혼자라도 사랑을 하고, 사랑을 하다 헤어지면 비를 맞을 거다. 비가 그치면 슬프게도 다시 뒤를 돌아보게 되는데 지나온 계절에도 흉터가 남아 있다.

사진을 찍고 글을 쓰는 날들. 자연스럽게 꽃이 피고 지고, 낙엽이 물들고 떨어지면, 눈이 내리고 모든 게 지워지겠지. 이렇게 살아가는 법을 온몸으로 겪으며 기록해간다. 웃을 수 있는 오늘이 기억된다. 내 몸에 선명하게 생겨난 흉터들. 그 고통의 환절기는 자연스럽게 지나갈 테고 바람과 함께 생겨난 생채기와 흉터들은 찢어질 듯 아픈 삶의 축복이 되어 내가 살아가는 이유가 되어줄 것이다. 오늘도 바람 따라 꽃 피듯 흉터가 하나둘 피어난다.

뜻 모를 상처가 생겨날수록

—

찬바람에 지워지는 게

기억이었으면

아프게도 상처가 되는 삶을

바라만 볼 뿐 어쩔 수 없는

세월을 보내면 또다시 상처가

생겨나기 시작한다

윤회의 틀을 안고 사는 게

붓다의 아픔이었을까

유리가 깨질 듯 흔들거리는

생과 사의 반복 속에서

상처는 전생을 기억나게 한다

꿈처럼 안개 속 환상처럼

외로운 건 지금의 내가 아니라

그 옛날 나였을까

지워도 잊어도 생각이 나는 건

먹먹하게도 바람이 불기 때문일까

바람이 가져다준 알 수 없는 허전함에

담배 한 개비 하늘로

빨갛게 제 몸을 태워 보낸다

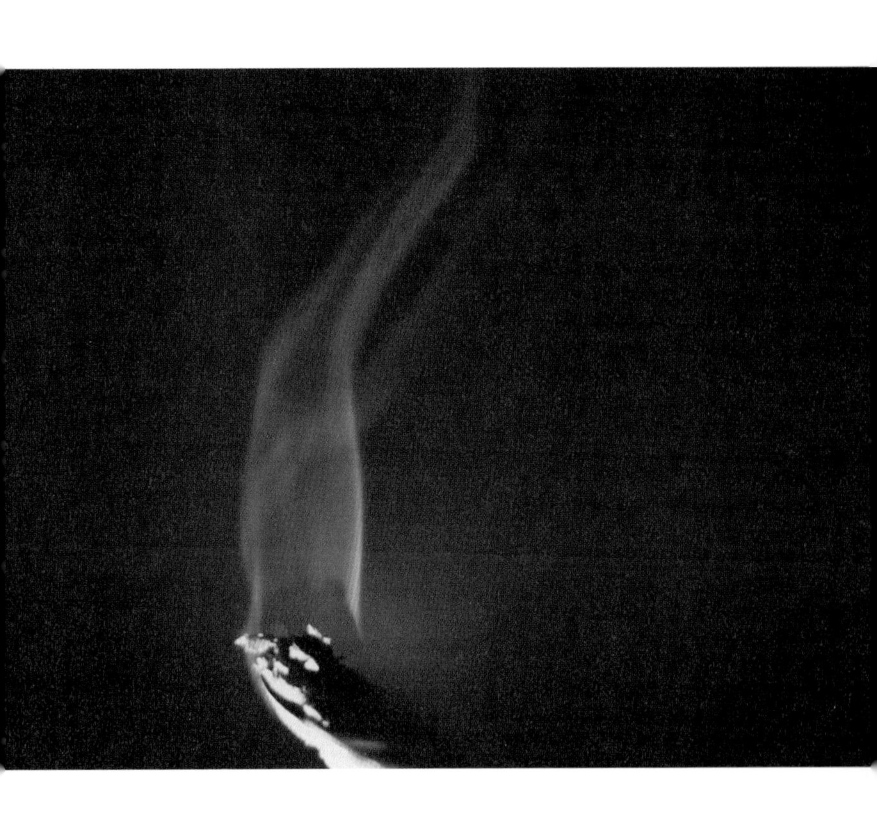

눈물 많은 그대여

나를 놓지 않고는
바람을 만날 수 없다
자유로운 그대가 조화로워서
어디든 아름다운 삶이렸다
햇살에 부서지는 가녀린 숨을
마지막까지 놓지 않는 위대함이
이 땅에서 우리뿐이던가
슬퍼도 외로워도 모두가 그렇네
샘물이 흘러 내를 만들고
강을 지나 바다로 가듯
흐르고 또 흘러가는 게
눈물 많은 그대를 살게 하는 것이니
더는 뒤돌아 눈물을 흘리지 마시오
나를 놓지 않고는 흘러갈 수 없으니
어디든 내려놓고 가오

살아가는 이유가 죄가 된다면

묻지도 말고 흘러가오

죄가 되는 이유를 안고 산다면

뒤돌아 눈물 흘리는 내가 흐르지 못한 까닭에

혼자서만 맴도는 샘물 속

나뭇잎 같소

나를 놓지 않고는

강물을 거쳐

그리고 그 평화롭고 깊은

바다로 갈 수 없네

바람에 흩날리어 떨어진 낙엽이

시냇물을 따라 떠내려가듯이

흐르고 또 흘러가듯이

하얼빈에서

—

하늘이 같구나

사람 사는 곳 그 어디든

같은 하늘 아래 다른 땅 위로

그렇게 다른 사람들이 생각이 다른데

오늘 만나고 헤어지는

그가 돌아서 간다

붉게도 진하게 말도 없이 지나쳐 갔건만

어느새 바람처럼 머물다 간 모양이다

그래 살면서 아무 말 못했어도

아주 잠시 마주쳤대도

흔들리는 마음 그 떨림은 느낄 수 있다

기억해주오

기억할게요

나를 보던 그대

웃어주던 그대

손 흔들던 그대

우리가 먼 훗날 만나게 되더라도

그대를 위해

미소를 잃지 않을게요

항해의 끝을 꿈꾸다

어제, 그제, 아니 매일이 그랬습니다. 오늘이 어제가 되듯 하루는 지치지도 않고 물살에 흘러갔습니다. 그 물결 위로 조금은 흔적이 남는 듯했으나, 흔적조차 없이 지워진 날들이 쌓이지 못하고 흘러만 갔습니다. 흘러흘러 어느새 많이도 지나갔습니다. 험한 물살을 가르며 굽이굽이 돌아 이제야 한숨 쉬어 볼까, 물결 위를 살핍니다.

그러나 어느새 바람은 다시 불어오고, 일렁이는 물결에 우리는 다시 배 속으로 숨어버렸습니다. 살아가며 아무리 노를 저어 뒤돌아가려 해도 물살은 더 강해져 거꾸로 거꾸로 우리를 밀어냅니다. 보이지 않는 어디쯤의 날들로 우리를 밀어버립니다. 되돌아가 붙잡고 싶었던 날들은 저만치 자취를 감춥니다.

흘러흘러 떠나는 인생의 강. 강은 내게 이리저리 흔들리더라도 후회하지 말라 합니다. 거세게 나를 밀어붙이는 여울목에서도 당당히 서 있으라 밀어줍니다. 여기서 내 항해가 끝날지라도 보이는 모든 것들 속에서 행복을 찾으라 말합니다.

긴 항해의 끝에서 우리는 무언가를 발견할 것입니다. 설사 그 끝에 아무것도 없다 할지라도 우리는 다시 태어나 바람이 되어 세상을 누비고, 한 마리 새가 되어 하늘을 날 겁니다. 혹 당신은 흘러흘러 굽이치는 저 강으로 태어날지 모르겠습니다. 흘러가고 흘러가는 우리 삶 위로, 새로운 바람이 불어옵니다.

새들이 부처다

날개를 잃어버렸을까

꿈을 꾸면 하늘을 난다

먼 산이 눈 아래 놓여 있고

바다는 깊이가 두렵지 않다

바람에 몸을 실으면

어느새 깨달음이 머릿속을 채운다

새들은 그랬다

인간의 욕심이 없었다면

부질없는 번뇌로 살지 않을 텐데

살아가는 이유가 바람 속에 있음을

누군가는 알고 있었나보다

날개를 지워버렸다

어깻죽지 밑으로 도려내버렸다

여기서는 날개를 가질 수 없다 한다

높이 날 수 있는 진실을 숨기고 싶은 이들에게

날개를 빼앗겨버렸다

우린 하늘을 날 수 있는

땅 위를 자유롭게 날 수 있는

고민 없는 바람이거늘

날개를 잃어버려서

날마다 하늘이 내 어깨로 내려앉나보다

꿈을 꾸면 새가 되어 하늘을 난다

숲속에서

사라져간 것들

소리도 없이 스며들면

거기서 자유를 느낄 텐데

외로이 헤매던 눈물이 비 되어 흐른다

숲속 모두가 신비롭다

나무 끝에서 태어나 그들의 말을 전하던 다람쥐 눈망울에서

삶은 화두를 벗는다

바람이 전하는 말

돌아서 가더라도 흘러가라고

숲길을 따라 세월을 내려놓으라고

내리는 빗속에 지워지는 삶이 서럽더라도

뒤돌아보지 말라 한다

숲속 우리는 서럽더라도 위로가 된다

눈물이 비 되어 내리면

나무와 새들이 사라져가고 다시 또 태어난다

그저 태어나고 그저 사라진다

우리가 아파했던 윤회를 벗어버린 채

사라지고 스며든다

내 안의 세상

내가 사는 초원에는 아무것도 살지 않습니다
나무도 냇물도 산도 새도 아무것도 살지 않습니다
그렇게 바람만 지나칠 뿐
아침이 오고 밤이 오고 세월이 저물어 갑니다
언젠가는 나무도 숲도 새들도 살아지겠죠
내가 떠나고, 날 기억하는 모든 게 사라진 후……

메마른 들판 위 낯설게도 비가 내립니다
누굴 위해서 무얼 위해서 이 비가 내리는지
하늘을 보는데 까맣게 가리워진 하늘이 서러워합니다
외로운 들판 위 서러운 하늘 아래로
바람이 지나쳐 풀숲을 흔들며 갑니다

망상

—

바다로 가면 산이 있고

산속으로 가면 파도가 친다

외로운 맘에 바람이 불면

술잔에 하얗게 눈이 쌓이는데

겨울이 많이 깊어졌는데

쓸쓸하게 비가 내린다

떠나려는 자에게 미련이 있고

남고자 하는 자에게 자유가 오면

그렇게 계절이 변해도 처음처럼 낯설다

어제의 해가 오늘이 아닌데도

무심히 지나치는 우리가 교활하다

내 안에서는 어느 계절을 보고 싶어하는지

날마다 계절이 바뀌기를 시간마다 생각이 변하는데

우리가 아파하는 이유는 그곳에 있다

출가

—

바람에 날려 눈송이 되는가
하얗게 피어 매화처럼 흩어지는가
파랗게 변해버린 하늘 속으로
사라지는가

옹기종기 모여 살 수 없는 운명이 서러워 떠나는가
내려놓고 내려놓아도
어깨 위로 내려앉은 하늘이 지친다
서러운 강가로 날아가 바람이 되련다

굽이쳐 고난을 만나더라도
무리 지어 흘러가리
묻지도 탓하지도 않으리

여기서는 그저 위로가 될 뿐
사랑해서는 안 되는 아픈 이별이 없는 곳으로
바람에 날려 고향을 떠난다

아주 잠시 스쳐갈 뿐 기억되지 않는 세월 속에서
서둘러 떠난다
사랑의 윤회를 끝내려고

역마살

날개도 없는데 날아다닌다

두 발을 숨기고

바람을 몸 안에 숨기면

등뒤로 하얗게 보이는

그것이 있다

바람이 불 때면

비가 내리면

음악이 흐르면

계절이 변하면

그대가 떠나면

또 밤이 찾아오면

하이드의 광기처럼

하늘로 날개를 편다

숲속 우리는 서럽더라도 위로가 된다.

소년은
아버지를
떠나보냈다

기다리다

아주 옛날 실개천 휘돌아나가는 언덕 위에, 날마다 마을 곳곳을 뛰어다니던 소년이 살고 있었습니다. 여름이면 자맥질 치며 붕어랑 피라미랑 잡던 작은 소년. 한낮의 태양 아래 시원한 바람이 되어주던 소년은, 외로운 자연을 달래주는 여름 물가의 은빛 여울 같은 삶이 자신의 전부라 말하곤 했습니다.

코스모스 길을 따라 걸어 가을을 떠나보내고, 환한 미소로 겨울을 기다리던 소년은 그해 겨울과 마주하기 전에 아빠를 떠나보내야 했습니다. 소년은 알 수 없었습니다. 아빠가 어디로 갔는지, 왜 가야만 했는지. 그래서 소년은 아빠가 떠난 철둑길 위에서 날마다 아빠를 기다렸습니다.

아주 많은 순간이 흘러갔는데도 소년은 여전히 기차가 지나는 철둑길 위에서 아빠를 기다리고 있습니다. 저 혼자 기다리는 줄 알았는데, 문득 뒤를 돌아보니 소년을 쫓아다니던 아주 작고 귀여운 동생이 함께 서 있습니다. 소녀는 오빠에게 물어봅니다.

“아빠는 왜 안 와?”

오빠는 철둑길에 홀로 피어 있는, 아빠를 닮은 꽃 한 송이를 소녀에게 가져다주었습니다. 소녀가 꽃을 쥔 채 떠나가고, 소년은 다시 홀로 철둑길 위에서 아빠를 기다립니다. 소년은 기다림에 지쳐 잠이 들어버리고, 철둑길 사이로 위험하게도, 아빠를 닮은 소국이 하얗게 바람에 흔들립니다.

소년은 아버지를 떠나보냈다

—

하얗게 부서진다

반짝이듯 사라진다

한낮 여름이 물속으로

잠겨버리면

홀로 남은 뚝방으로 외로운 바람이 지나친다

모두가 그렇다

외로운 모두가 지나쳐버린다

한낮 여름이 부서지고

바람에 개망초꽃이 흔들리고

물놀이에 지친 아이들이 떠나고 나면

홀로 남은 뚝방으로 어둠이 찾아든다

외로운 하늘이 지쳤는지

커다란 눈을 감아버렸다

참을 수 없었나보다

서럽게 눈물을 쏟아내더니

거칠게도 통곡하는구나

한낮 여름밤

서러운 하늘이

개망초꽃 사이로 눈물을 놓는다

그렇게 여름이 외로이 간다

추억

—

휴식이 끝나갈 무렵

지나간 날들이 보인다

스치듯 지나갔는가

멈출 듯했으나

돌아보면 어디도 없다

그 사람 그 사연 그 시간

환상처럼 사라졌다

모두가 그대로인데

지워지듯 사라진

그들이 남기고 간

바람이 분다

내 모습도 그들도

행복한 웃음도

세월이 지나면

바람이 되는가보다

너도 나도 내 기억도

바람이 되어 살아가는가보다

아버지가 어머니가
내 곁에서 꽃을 피워주신다

—

어머니가 땅이 되고
아버지가 풀이 되고
누나도 형도
새롭게 꽃이 피고
나무가 산속을 걸어 나와
여기에서 쉬고 있다

바람이 풀을 지나치면
땅속으로 수려한 백련이 꿈을 꾸고

민들레 홀씨처럼 세월이 가면
여기서 살아간 모든 게 자라난다

이름을 지어주어야 한다

내 아버지

내 어머니,

할머니

그리고 그 누군가를 위한

그래야 살 수 있음을

잊어버려서

서운한 그들이

피고 지고 쓰러지나보다

여기서 살자

태양도 비도

달도 눈도

내 마음도

날 위해 웃고 있을

모든 이름을 잊은

그들이 행복하게

하늘이 운다

—

지치지도 않는지 아침부터 서럽다
시련의 아픔인지 흐느낌이 요란하다
가슴에 안고 가기엔 너무도 여린 탓일까
내 맘 같은 그 마음을
마주보는데
그냥 그대로 울게 하고 싶다

누구나 한번쯤 이별을 하고
누구나 한번쯤 사랑을 하지만
아직은 젊어 이별이 아프고
울 수 있는 게 자랑이다
외로울 수 있어서 사는 것이다
혼자서 사랑을 꿈꾸니
아직 내게 많은 희망이 있다

소리 질러 울어도

흐느껴 울어도

부끄럽지 않아 하는

그대가 부러울 뿐이다

어제 그리고 오늘

여리고 눈물 많고 고집스러운

그대가 흐느껴 운다

아프게도 사는가

—

한낮 그늘을 비집고 떨어진 별이 차갑다

외로운 바닷가

홀로 떨어진 조개껍질

사연을 담고 뭍으로 뭍으로 밀려온다

커다란 등 굽은 껍질만 남긴 채

고인이 된 아비를 찾는 까닭인가

날카롭게 반짝이는 제 속을

물 위로 던져버린 그들이

이 세상을 지배해도

여전히 차가운 바람만 머물다 간다

울 엄니 손끝으로 울 동생 한숨 속으로

돌아갈 수도 없을 만큼

차가운 햇볕이 찾아든다

고맙습니다, 그대

그는 몹시도 보고 싶은 내 사랑입니다. 그립고 애틋하고 속상해도, 불러보는 일밖에 할 수 없습니다. 서로 맘도 전해보지 못했는데, 밤새워 소주 한 잔 이야기를 나눠보지도 못했는데, 그는 새벽안개 속으로 사라져갔습니다. 저녁이면 돌아올 것처럼 무심히 가고선 지금까지 돌아오지 않았습니다.

내가 그를 많이도 닮았다고 합니다. 작았던 내가 이제는 그보다 나이도 많이 먹고, 그때의 그만큼 커져버렸는데. 다 커버린 내 곁에 그는 없습니다. 내가 그를 참 많이 닮았다며 누군가 그를 추억할 때면, 나는 작았던 내가 올려다보던 커다란 그를 떠올려냅니다. 가끔 뜻 모르게 하늘이 보고 싶어질 때면, 나는 영락없이 그를 생각합니다. 환하게 또 쑥스럽게 웃어주던 그가 너무도 그리워져 눈물이 맺힙니다.

고맙습니다. 당신을 닮은 내 모습을 주셔서. 고맙습니다. 당신의 좋은 웃음을 내 얼굴에 놓고 가셔서. 아직도 내 곁에서 날 위해 노래를 불러주셔서. 고맙습니다. 그대 그 이름, 내 아버지. 사랑합니다.

소설小雪

바람에 실려 하얗게 눈이 내리면

가을 끝자락 어머니는 장으로 떠납니다

말린 무를 널고 김장을 준비하며

기다란 굴뚝에 연기가 가득하던 시골집

아궁이 화덕 사이로 사랑이 불붙습니다

능공을 필하는 달 음력 시월은 공달이라

마음도 몸도 쉬어가며 겨울을 즐기며

눈 속에 지치고 외로운 세월을 묻어놓습니다

양지바른 땅 위로 바람이 돌면

어느새 흰 눈이 쌓여

어느새 하얗게 지워버린 겨울이 오겠죠

천지가 잠들고 모든 생명이 새롭게

태어날 준비를 시작하는 입구에서

소설이 기다리고 있습니다

장에서 돌아오신 어머니 손끝에

벙어리 장갑과 빨간 목도리가 누런 봉지에 담겨 들리면

어느새 하얗게 눈이 내리기 시작합니다

잠시 또 이별

—

하늘도 알고 있을까
바람이 낮게 스치면
그 깊은 강물이 출렁인다
떠나는 이의 발자국이 남아
물살이 되면
하루종일 심난한 강가로
비가 내린다

지워야 살 수 있는 이별
우리가 헤어질 때마다
비는 강 위로 그대들을 지우는데
어느새 흔적도 없이 안개가 찾아든다
울지마요 슬퍼마요
다시 또 만날 테니

목메어 불러보는 애타던 내 마음이

어쩌면 그대 가슴에 상처가 될까

바람이 물결을 쓸어 가져가버린다

미안해요

함께하지 못해서

너무나 보고픈 우리가 사랑을 해서

기러기 — 저녁놀

—

아직 다 오지 못했는데 벌써 떠나시다니

여기서는 볼 수 없겠죠

세월이 약이라 지울 수 있다지만

가슴에 남아 있는 그리움이

비가 됩니다

푸르게도 짙은

검게도 보이는 비가

바다로 떠나면

때늦은 후회로 아침이 오겠죠

아직 어두운 바다로 새벽이 오면

그 길을 따라 당신을 쫓아

바람이 갈 겁니다

말하지 못했던 표현하지 못했던 그래서

아직 다 가지 못한 내 사연을 싣고서 말입니다

후회가 되는 밤이 오면

어둠이 길게도 오랫동안 내 곁에서 머물러 있겠죠

하얀 어둠

새벽이 미처 오지도 못했는데
태양보다 먼저 숨을 들이마십니다
아직 떠나지 못한 까만 끝자락을 밟고
긴 한숨에 담배 한 개비 물어봅니다
간밤이 길었는지 하얗게 어둠을 지워버리는
담배 연기 따라서 새벽이 오네요
여기서 살아가는 게 운명이었던지
체념한 듯 적응이 되어주는 게
많이도 살아온 흔적이 내 몸에
깊게도 물들어 있는 듯합니다
그대의 맘도 모르고
그대의 이야기도 듣지 못하고
그대를 이해하지도 못하면서
태어나면서부터 잃어버린 초능력을
찾을 수 있을까 생각이 듭니다
세월이 너무도 많이 흘러버린
이제야

세월이 바빠요

세월이 바빠요. 겨우 어젯밤을 보내고 그 밤을 미처 정리도 못했는데, 다시 또 아침을 맞고 있어요. 해도 띄워야 하고 밤새 띄워 놓았던 작은 별들을 담아야 하는데. 바람도 불게 해야 하고 나무도 키워야 하며 땅속을 달래어 봄을 오게 해야 하는데. 세월이 바쁘기만 해요. 그렇게 바쁜데도 지치지도 않고요. 투정도 없어요. 재미난 일도 없이 반복되는 일상인데 아무 말 없이 내일을 준비하는 일로 지금을 살아요. 다가올 앞날을 생각해야만 내일이 와요. 세월이 바빠요.

흘러가는 세월의 의미가 내가 살아가는 이유를 알게 해주는지 몰라요. 힘들어도 외로워도 슬퍼도 아무 말도 없이 세월을 따라 보내고 준비하고 지금을 살아가야 하는 것 말이에요. 그 세월 속 나는 가슴이 아파와요. 색이 바랜 낙엽처럼 날아가버린 추억. 오래된 책갈피 속에 숨겨져 있던 내 젊은 날의 추억 때문에 가슴이 찢어지듯 아파와요.

그때는 참 많이도 힘들었는데, 사연이 많아서 모든 걸 버리고 싶었는데. 어느새 쌓여버린 세월이 먼지처럼 흩날리며 보이는 이름들, 사람들, 나 그리고 그 시간들. 이젠 없는 그곳이 생각나요. 사라져버린 내 오래된 추억들을 붙잡고자 나는 오늘도 해를 띄우고 별을 담으며 봄을 기다려요. 흘러가는 세월, 바삐 가는 오늘. 그 틈에서 나는 빛바랜 추억들을 붙잡고자 다시 내일을 준비하는 일로 지금을 살아요.

그를 위하여

잊을 수 있을까

그해 그 겨울

그 계절이 가듯 무심했는데

멈춰버린 시간

여름이 가고 겨울이 오더니

가을이 멈췄다

어디도 봄은 없었는데

그가 있는 아침은

가을이 되고

그가 있는 밤은

남극의 여름이 되었다

외로울 틈도 없이

서러울 틈도 없이

하얗게 내리던 눈처럼

환한 그가 있었다

차갑게 따듯하게 꿈처럼

떠날 듯 비틀거리던 약한 꽃처럼

이리저리 흔들거리던 그

울타리가 되어줄게

태양이 되어줄게

바위가 되어줄게

난 그에게 되어줄 수밖에 없다

그가 떠날 때도 아파할 때도

나로 인해 힘들어할 때도

그저 되어줄 수밖에 없었다

그를 떠나보내던

그 겨울 그 밤에도

그저 되어줄 수밖에 없었다

내 맘을 열어주지 못했습니다

—

비가 옵니다
혼자서 오는 게 아니라
누군가를 데리고
나도 모르게 옵니다
난 많이도 무딘 사람인지

몰랐습니다
밤새 창문을 두들겼을 텐데
싫었나 봅니다
간밤의 그 꿈이

비가 옵니다
몸을 무겁게 적시고
그 슬픈 눈물을 뿌리며
서럽게 흐르고 있습니다
난 많이도 무서웠던지

아픈가봅니다

밤새 창문을 기웃거렸을 텐데

열어주지 못했습니다

싫었나봅니다

간밤의 그 꿈이

B35

나를 위해서

—

잊히겠죠

작년 그 기억처럼

모두를 가져가버린 그때

아프게도 꼬리처럼 남았다 해도

어느새 잘려 아물고

굳은살처럼 뭉툭해도

잊는 게 사는 거니까

어제만 기억할 뿐

오늘은 기억이 없네요

내일은 또 오늘이 기억나겠죠

잊히는 것들 사이로 어제가 떠나가겠죠

하나를 잊기 위해선

또하나가 필요한 거겠죠

좋은 사람

새벽아침 샛물처럼 솟아나더니

그 맑음 속에 하늘을 담았습니다

푸르게도 파란 하늘이 가득 담긴 샛물 위로

초라한 내 모습이 아른거릴 때

그대의 작은 손으로 아침햇살처럼 곱게도 날 씻겨주더군요

그대는 참 좋은 사람입니다

조용하게 그리고 환하게 머물다 떠나면

어느새 그리움은 그대를 염려하게 됩니다

외롭지 않기를 아프지 않기를

행복하게 살기를

내 생에 단 한번 소중하게도 찾아온 그대가

바람에 흔들리지 않기를

간절히 바라는 맘에 세월을 잊어버렸습니다

무수하게 지나쳐간 검은색 머릿결에

하얗게 안개가 서릴 때에도 내 마음은 그럴 겁니다

그대는 참 좋은 사람입니다

푸른 초원 위 바람이 되어

모두를 자유롭게 해주었습니다

길 잃고 외로웠던 푸른 말의 갈기를 날리게 해주셨습니다

그대의 그 환한 미소로 말입니다

소나무

—

푸르게 곧은 그 믿음 위로

하얗게 쌓이는 시련

꿋꿋하게 버텨내던 그

금세 다시 제 모습을 보이겠죠

한평생 변하지 않고

바람에 흔들려도

계절의 유혹에도

참 곧은 그가

하늘처럼 넓게도 보입니다

누군가는 융통성이 없다고 하나

나는 그를 보노라며 가슴에 심고 살고 싶습니다

맘으로 다가서도 미안합니다

내 모습을 알기에

하얗게 가리워진 눈 속으로

곧은 그가 보입니다

애써 털어버리려 노력하지 않는 무던한 그가

조용히 나를 가져가버립니다

흘러가는 세월, 바삐 가는 오늘.

9회말 2아웃

모든 순간이 9회말 2아웃

인생의 길 위에서 우리에게 주어진 아픔이 그랬다. 대다수는 포기하지만 용케도 역전을 해냈던 그들이 삶을 말한다. '위기가 곧 기회'라고. 극한의 상황에 들어서야만 발휘하는 기지, 사람들에게 기적이라 불리는 그 일들이 꼭 9회말 2아웃 상황에서 벌어진다. 역설적이게도 기회는 꼭 그때만 온다. 좌절과 포기와 절망과 함께. 그사이 보이지도 않게 투명인간처럼 그 때문에 사람들이 쉬이 포기하고 만다.

하지만 진짜 '끝'을 만나보지 않는 한 포기한다는 것이 가능할까? 끝이 나기 전에는 우리는 그 어떤 결과도 예측할 수 없다. 예측했던 것과 다른, 상상도 못할 일들이 벌어질 수도 있는 것이 우리네 삶이다. 끝이 어떻게 될지를 모르면서 쉬이 포기해버리는 사람들. 요즘 그런 사람들이 점점 더 많아진 건 아닌가. 주어진 기회를 잡아 전혀 다른 결과를 맞이하는 사람들 그리고 기회가 주어졌는데 포기함으로써 전혀 다른 결과를 맞는 사람들. 그들에게 절망과 좌절, 호기의 경계를 알려주고 싶다.

9회말 2아웃. 배우 김영호로 살아오면서 나는 무수한 일을 겪었지만, 그 무엇도 포기하지 않았다. 아직 나의 경기는 끝나지 않았다. 그 끝이 어떻게 될지는 나조차도, 누구도 알 수 없다. 기회는 오로지 자신에게만 다가온 것이란 사실을 잊지 말았으면 한다. 모든 순간이 9회말 2아웃이다.

다시 자라나는 나

바다로 향해 간다

어젯밤도 그제 밤도

삶의 고단했던

그 시간을 가슴에 품고

떠나는 우리가 뒤돌아보면

어느새 다시 자라나는

다른 나를 본다

위에서 흘러 아래로

가는 게 물이건만

나도 그렇게 위에서 살다

바다로 바다로

흘러서 가버린다

누군가를 남겨둔 채

아프게 서럽게 그저 그렇게

굽이치고 돌아서 가면

모두가 평온한 바다에 살다

파랗게 깊게도 무겁게

하나가 되면

바다는 어느새 화두를 던져버린다

배 하나 지나가봐야

폭풍우 몰아쳐봐야

어느새 깊고도 무겁게 흔들리지 않는다

여울목을 지나치던

우리가 꿈꾸면

바다가 보인다

길

단 한 길로 달려갈 수 있게 해주세요

이 길이 아니면 다른 길로,
다른 길이 아니면 이 길로 가기엔
우리가 힘이 듭니다

가다가 끊어진 길에서 멈춰 서는 우리가 보이면
좌절하지 않도록 바람을 불게 해주세요

미련한 사랑 앞에서 더이상은 서럽지 않게
눈물이 마르게 말입니다

외로움에 지쳐
길이 아닌 수렁 속으로 빠져들어
후회하는 삶이라도,
희망이 있는 단 한 길로 가게 해주세요

가끔 내리는 빗속에 어둠이 찾아오더라도

아침이면 명확하게 보이는 그 한 길 위에서

다시 살아갈 수 있기에

지금 잠시 흔들리는 것뿐이라고 자위하게 말입니다

지금 보이는 그 길이 후회하지 않는

내 길이 되기 위해서 말입니다

세월

—

하늘에 슬픔이 깊어 외로워 하는가

모질게도 마른 세상 골짜기마다 빗물 되어 흐른다

어여 가자 무거운 짐을 진 그대여

여기서는 우리가 슬픔에 잠길 테니

뒤돌아 보는 그대가 애처로워 비 되어 우는가

그렇게 사는 거라고

그렇게 흘러가는 거라고

바람에 흔들거리며 비틀대며 사는 거라고

어여 가자 무거운 짐을 진 그대여

가슴에 사랑이 애처로워져도

여기서는 머물지 말자

비 되어 떠나듯 그렇게 흘러갈 테니

우리 여기서 머물지 말자

천공의 섬

아주 멀리 저 멀리
홀로 떠다닌다

천공의 섬
갈 곳도
끝도 보이지 않는
영원한 여행
주인을 기다린다

그곳을 향한다
눈 그리고 내 맘
몽롱한 의식 꿈틀대는 운명

길잡이가 산다
이 도시에 어딘가에

날 이끄는 그가
찾으려 하면 사라지고
포기하면 내 곁을 스친다

하늘로 내 맘속으로 떠다니던 그 섬
어떻게 내려왔는지 기억도 없는 곳

그 섬엔 아무것도 살 수 없다
의식과 허망함, 이기적 미친 자아가
존재할 뿐이다

돌아가면 사라질까
이 땅에 살고 있는 그 아픈 이유가
탐욕의 날개를 던져버릴 수 있다면
길잡이가 올까

바람도 없는 그곳을

기다리는 아픔을 품고

천공을 떠다닌다

내 가슴엔 바다가 있다

내 가슴엔 바다가 있다

끝없이 넓고 푸른 바다

배를 띄우면 바람이 분다

자유로운 항해를 허락하는

그의 품에서는 모든 게 용서가 된다

내놓기보다는 이해하려는

자랑하기보다는 겸손을 갖는

성냄보다는 안아주려는

그 바다가 내 가슴에 있다

강도 시냇물도 있다

굽이굽이 요동치던 시냇물을 따라

비라도 올라치면

범람하던 그 속 깊은 강이 흐르고 있다

시냇물은 강을 꿈꾸고

강은 바다를 꿈꾸고 흐른다

머물지 않기를

평생 시냇물에 머물지 않기를

평생 강가에서 서성이지 않기를

내 가슴에 바다가 보이면

비로소 모든 걸 잊고 배를 띄우기를

바람이 불어 그 편함과 끝없는 희망의 섬으로

나를 데려다줄 거라는 믿음을 안고 살기를

지금은 그 작은 냇가에서 굽이굽이 흔들리더라도

내 가슴속 바다를 향해 흘러가기를

내 가슴에 바다가 있다

시련의 시냇물과

열망과 욕정의 강과

그리고 그 모든 삶이 이해되는

깊고도 푸른 바다가

맑은 햇살 아래 빛나고 있다

세월의 모퉁이 그 길가로

그 모퉁이 그 길에서 누가 오는 것일까
미련하게도 뒤늦은 후회가 오는걸까

아무도 오지 않는 그 모퉁이 누굴 기다리는 걸까

밤새워 바람이 불면
어느 사이 떠나간 내 아픔이
그림자를 데려다준다

길게도 내 발끝을 떠나지 못하던 그 아픔이
그림자가 되는구나

저 모퉁이 그 길로 내가 바라던 희망이 올지
어둡고 깜깜한 그 길을 따라
눈빛이 바람에 흔들린다

저 모퉁이 그 길을 따라 난 누굴 기다리는 것인지
길게도 바람이 지나쳐 세월이 흘러간다

누구도 나를 위해 노래하지 마라

그늘에 가려진 어두운 나는, 언제나 숨어서 야비하고 천박한 반란을 꿈꾼다. 그늘에 가리워져 내 모습이 지워져도 여전히 검은 척 낮은 척 살아간다. 시기와 질투, 호기심과 소심함 사이에서 본능에 울부짖으며 살지만, 나는 또 호시탐탐 얼굴을 바꾸어가며 그 친절한 광기를 뿜어댄다.

담배에 취해 술에 취해 음악에 취해 비에 취해 사람에 취해. 세상의 많은 것들에 취한 나는, 내가 아닌 나로서 다시 스스로에게 야비한 조소를 날릴 뿐이다. 상처만 가득한 아픔 속에서, 잔인하고 비열한 그러나 솔직한 그늘에 가려진 새카만 나는 세렝게티 초원 위의 벌거벗은 야수. 풀숲 깊이 몸을 숨기고 사냥을 기다린다. 어둠 속에서만 빛나는 그 눈빛이 아프게 가슴을 찌른다.

푸른 초원 위를 달리는 바람에는 죽은 말의 영혼이 깃들어 있다. 나는 죽은 말의 영혼을 담은 바람처럼 허연 눈을 뒤집고 미친 듯 초원을 질주한다. 잘린 다리와 잘린 목으로 달리고 싶을 뿐. 그것만이 내겐 간절한 소망이다. 세상 누구도 나를 가두려하지 않기를, 더이상은 나를 위로하려 들지 않기를. 그리하여 저 초원 위의 말처럼 겅중겅중, 다시 달릴 수 있기를.

바람이 불면 갈기를 휘날리며 억눌렸던 욕망을 벗어버린다. 나는 허연 눈을 뒤집고 빼앗겨버린 울음을 토해내듯 초원 위를 달린다. 그러니 세상 누구도 나를 위해 노래하지 마라. 새카만 나를 찾으려 들지 마라. 다만 어둠 속에서 번뜩이는 친절한 광기와 눈빛만을 보아라.

변검

—

가면 뒤에 숨는다

다른 얼굴로 산다

아침이 오면 세수를 한다

얼굴에 붙는 가면을 위해

내 손을 조심해라

얼굴을 지나치면

어느새 웃고 있을 테니

변검이 익숙해질 때

비로소 사는 법을 알게 된다

어둠이 존재하는 시간

하루의 가면을 정리할 때면

새로운 가면을 만든다

가면 뒤에 숨는다

아픔을 숨긴 채

지친 얼굴로 산다

저녁이 오면 세수를 한다

가면의 때를 벗기려고

내 눈을 조심해라

눈 속에 빠져들면

어느새 가면은

진짜로 내 얼굴이 될 테니

변검이 멈추면

여기서는 더이상

살아갈 수 없을 테니까

가면 뒤에 숨어라

외로워도

슬퍼도

눈물이 나도

가면을 벗지 마라

어둠을 지울 수 있다면

—

지우고 싶다 하얗게

그대도 나도 모두 다

창틀에 갇힌 세상

우리가 열면 바람이 불고

우리가 닫으면 침묵일 뿐

까맣게 어둠이 내려서야

어쩔 수 없이 지워지는데

하얗게

지우고 싶다

새벽이 오듯 지워지겠지

찐득찐득한 그 묘한 체취를 남기고

지워져가겠지 아니 물러가겠지

아주 잠시 야비한 웃음을 머금고

굳게 닫힌 창틀 너머로

소름끼치게 소리도 없이

내 안의 창틀이 굳게도 닫혀 있다

바람이 하얗게 지우고 있다

그대도 나도 그 어둠도

아침이 오고 밤이 찾아오면

매일 아침 캔버스를 준비한다
검게 펼쳐진 캔버스 위로 밤새 묻어둔 사연을
하나씩 지워본다

실눈을 뜨듯 하얗게 보이는 그 모든 것 속에
과거가 아프게 새겨져 있다

밤새 지워버렸다고 믿고 살아왔는데
사라지는 건 내 안에서만 존재하는 것일 뿐이었다

선명해지던 오후의 햇볕 속
캔버스 위로 더욱 화려하고 빛나던 과거와 미래가 살면
비로소 꿈을 꾸듯 그림이 완성되는데

언제나 그랬듯이 붉게도 나지막이 어둠이 찾아들면
저녁노을이 조심스레 캔버스를 숨겨버린다

창피한가보다 내가 살아온 게
밤새 또다시 검게 자꾸만
캔버스 위로 사연을 덮어버린다

지워버리고 싶은가보다
지나온 그 모든 사연들을

One
two
Four
Five

태엽인형

끼리릭 멈췄다

내가 거기서

누군가 나도 모르게

등뒤로 다가선다

태엽을 돌려놓을 건가

느낄 뿐이다

보이지도

알 수도 없지만

언젠간 내 곁에서

떠나버리면

영원히 멈춰버리겠지

움직여야 한다

까딱까딱

즐거움이 되어주어야 한다

그의 손에서

내가 떠나지 못하게

나는 움직여야 한다

욕심

—

저 깊숙이 젖은 영혼의 본능
살아서 꿈틀거린다
널 갖고 말겠다는 야성
내 안의 나는 더이상 사람이 아니다
오로지 먹고 싶다는 야수의 눈
기다리는 일은 내가 아닌 굶주린 무서움
기다려달라고 하지 마라 참아달라고 하지 마라
눈물로 나를 쳐다보지 마라
이미 그저 한 마리 짐승일 뿐인 나를
나로부터 떨어져라 가까이 하지 마라
다시는 나로 돌아올 수 없다
영원히 너를 알아볼 수 없다
들 위로 바람이 불어 풀 속으로 내가 잠기면
거기 한 마리 야수가 있을 뿐이다
사람으로 태어나 짐승으로 살아가는
미련한 누군가가

나의 빛깔

색깔 있게 살고 싶다. 검은색을 닮은 그 침묵으로. 지우고 더럽혀도 당당한 건방진 유혹으로 세상을 바라보고 싶다. 반쪽에는 세상의 색을 입고 다른 한쪽은 비워 스스로에게 내어놓는 나의 삶은 얼마나 오랜 시간이 지나야 내 색깔을 입고 비로소 편안해질 수 있을까. 누군가 말했다. 현명하게 색을 칠해놓을 빈 공간을 위하여 삶이 계속된다고. 오늘이 지나간다고.

그 말을 듣고서 돌이켜보니, 내 모습은 어디에도 없다. 나는 없다. 이젠 내 스스로의 앞에 가져다놓은 비어 있는 한쪽의 색을 마음껏 칠해보고 싶다. 깊게 무겁게 때론 화려하게. 내게 가장 맞는 빛깔의 옷을 입고 싶다. 다만 언젠가 나만의 색을 입는 순간이 온다면, 그건 검은색이면 좋겠다고 고백하련다. 관념적이라는 말이 거슬려도 깊고도 무게 있는 빛깔. 검은색, 그 침묵으로 당당하게 세상을 유혹하고 싶다.

나는 검고 어두워서 세상 밖으로 비춰지면 모양이 드러나고, 어둠 속으로 사라지면 녹아버리는 삶 위에 놓일 것이다. 외로울 것도 없고 후회할 것도 없다. 하지만 어둠으로 인해 지워진다 해도 버려지는 것이 아님을, 진짜 사라지는 것이 아님을 안다. 검은 어둠 속에도 검은색의 내가 조각해둔 삶은 그 자리에 있다. 하얗게 지워지고 무심하게 떠나버리는 세월 속에서 가장 아름답게 빛나는 검은색, 당당한 아름다움을 가진 삶이다.

외로우면 강물이 마른다

내 안에 숨겨진 강 속으로

흐르는 강물을 따라 배를 띄우면

바람이 불어 나무가 자라고 꽃이 핀다

지지 않는 붉은 꽃

마르지 않는 향기

푸른빛 가득한 여유

마르지 않는 강 속으로

너와 내가 살아가고

맑게도 제 속을 내어놓는다

다툼도 미움도 시기도

존재하지 않는 그곳이

어디든 길이 되고 어디든 봄이 되어준다

마음속 강을 위한

연주가 필요하다

강물이 마르지 않게

나무가 사라지지 않게

푸른 초원을 위해

피아노와 바이올린과

꽹과리와 해금이 어울리는

연주가 필요하다

나를 위한

마음속 강물을 위해

연주가 끝나면

연주가 끝나면 보이는 그 여름

말라버린 강 속을 위해서

외롭지도 우울하지도

쓸데없이 집착하지도

않게 물을 만들고

나무를 심고 꽃을 피우자

마음속 강물을 따라

사는 이유를 알려하지 마라

—

빈자리

외로운 기다림

우리가 느끼는

뜻 모를 질문

답이 없다는 걸 알면서

조그만 집착으로도

잊고 싶어 하는데

이도 죄가 된다 하니

이 땅에서는 꿈도 통제 받는다

그저 느껴질 뿐

그저 참아낼 뿐

그저 그렇게 보낼 뿐

묻지도 알려고도 하지 마라

그때는 이 세상에서

영원히 추방당할 테니

그저 그렇게 조심하며

살아가라

두 눈을 재빨리 돌리면서

비가 내리면 기억이 난다

아주 오래전 이야기
그 이야기가 밤새 창문을
흔들던 빗속에 물들어 있네

유리창을 따라 흐르던
빗속으로 보이는
내가 많이도 젖어 있구나
외로움에
서러움에
그리움에

벌거벗지도 못한 채
삶이라는 변명에
옷을 겹겹이 두르고 껴입고

젖은 몸으로 세월을 따라
그렇게 살고 있구나
무엇 때문일까 알 수 있을까
안다고 해서 자유로울까

궁핍한 마음에
배고픈 가슴에 남아 있는 건
그저 살아야 한다는 변명

검게도 쪼그라든 낯빛
탐욕의 눈 속으로
비가 내리면
잃어버린 벅찬 기억에
멈출 수 없는 소나기가

뜨겁게 뜨겁게

멈추지 않는다

미쳐서 살아야 하는 게 맞는가보다

더이상 눈물이 흐르지 않게

아주 오래전 이야기로

비가 내리지 않게 말이다

색깔 있게 살고 싶다. 검은색을 닮은 그 침묵으로.

우리가
사랑을
시작하면
바람이 분다

그대를 다른 사람으로 지우지 않겠습니다

그대가 생각납니다. 바람이 불어 문이 닫혀버린 추억을 뜨겁게 녹여버리는 여름이 끝나갈 때면, 비 내리는 날의 가을이면, 그대가 보고 싶어집니다. 외로워서 그대가 보고 싶은 게 아니라 그대가 자꾸 보고파서 외로워지는 나를, 그대는 알까요.

내 안에서 그대를 떠나보낼 수 없을 거라는 사실을, 그대가 떠난 뒤에야 알았습니다. 미련하게도 소중함을 익숙함으로 바꾸어버렸던 지난날이 후회가 되더군요. 이제는 그만이겠죠. 다시는 만날 수 없겠죠. 어떤 인연으로 우리가 다시 또 만난다 하여도 그때의 소중함이 더욱 깊어지지는 않겠죠. 나는 다시 또 미련하게 그대를 보내겠지요.

간혹 스치는 바람이 시원해지는 걸 보니, 다시 가을입니다. 그때마다 그대가 함께 불어오는 바람에 나는 또 술을 마시고 그리운 그대를 곁에 두지만, 나 절대 그대를 다른 사람으로 지우진 않겠습니다. 그대가 오고가는 그 길 위로 다시는 꽃 한 송이 자라지 못한다고 해도, 누구도 그 길에 서 있지 않게 할 겁니다.

죄 많은 나는 그대에게도 내게도 죄가 되는 그 그리움을 아프게 묻어버리기로 마음먹었습니다. 비가 오면 갑자기 우산을 들고 나타나던 당신처럼, 비 내리는 가을날 갑자기 그대가 쏟아져 내립니다. 잊었던 목소리가 듣고 싶어집니다. 예쁘게 미소 짓던 아름다운 그대가 보고 싶어집니다. 바람 따라 무리지어 떠다니던 가을이 다시 보일 때쯤, 또 당신이 있습니다.

우리가 사랑을 시작하면 바람이 분다

바다를 향해 바람이 불면

가슴속 사연을 접어 돛을 올린다

배가 되는 나는 키를 네게 주고

물살을 거슬러 끝도 없는 미래로 항해를 시작한다

사연이 많아서일까

커다랗게 바람을 품은 돛은

너와 나를 태풍 속으로 이끄는데

우리의 사랑이 깊었나보다

아무리 파도가 치고

태풍이 몰아쳐 비에 젖어도

사연을 접은 돛은 둥그렇게 우릴 이끈다

그렇구나 너와 내가 아프게도 살아야 하는구나

하나둘 사연이 되고 추억을 모아야

이 험난한 세상에 배를 띄울 수 있구나

우리가 만나면 나는 배가 되고

너는 키가 되는구나

우리의 사연이 생겨날 즈음에

비로소 바다로 배를 놓을 수 있구나

너와 나를 위한 항해를 위해

바다를 향해 바람이 불면

너와 나의 사랑이 시작된다

안개

보고 나면
눈에 묻어나는
그리움이 있습니다
하얗게 서리던
그 뿌연 그리움이
밤새 안개를 만들면
어느새 파도처럼
밀리고 밀려 헤어날 수 없는
바다로 잠겨버립니다
보일 듯 보이지 않는
신기루처럼
가도 가도 끝없는 사막 한가운데
그리움은 오아시스,
그 샘물이 될 겁니다

벗어날 수 없는

헤어날 수 없는

운명이 얽혀서

안개를 만듭니다

가릴 수도 지울 수도 없는

선명한 그리움을 위해서 말입니다

다시 또 그대를 만난다면

—

처음엔 좀 어색했습니다

차가운 그대가

부딪히듯 다가온 만남

자꾸만 밀려나는 외로움

선뜻 다가선 게 아니었는데

소심하게 기웃거리다

다가선 걸 후회하게 됐죠

그대를 만난 게

처음 볼 땐 그랬습니다

어색한 그대가

가슴을 열고 노래를 부르기 전까지

얼마나 힘들었는지

아마도 다시는 볼 수 없을 것 같았는데

세월이 지나면 그대가 그리울 것 같습니다

부드러운 손길 따스했던 체온

명랑한 웃음 화려한 몸짓

잊을 수 없을 것 같습니다

다시 또 그대를 만난다면

예전처럼 쭈뼛거리지 않을 겁니다

그대를 느끼고 안아보고

그대의 눈을 마주쳐볼 겁니다

그대의 품속에서 어린아이처럼

하루가 지나쳐

세월이 갈 것 같습니다

고맙습니다

내 맘을 열게 해주어서

그대가 그리울 겁니다

비 내리는 가을날

갑자기 그대가 쏟아져 내립니다.

인연

지나친다

그대도 나도

아주 잠시 만났다 사라진다

눈 앞에 보이지 않는다

흔적 없이 사라져간다

아프게 가슴을 찌른다

그렇게 세월이 간다

잊을 수 없다

까맣게 지워진다

자국만 남는다

다시 또 시작한다

눈물만 남는다

자꾸만 떠난다

어디론가 사라진다

그렇게 세월이 간다

그대, 나는 또 그대가 궁금해집니다

그대, 나는 또 그대가 궁금해집니다. 하얗게 떨어지는 눈이 쌓이면 더욱더 그대가 보고 싶어집니다. 그러는 사이 겨울 찬바람처럼 차갑게도 가버렸나요. 그대 나를 등지고 떠나가는 길, 한번쯤 뒤돌아 나를 떠올렸을까요? 하얗게 눈이 쌓인 길 위로 누군가의 발자국이 남았다면, 혹시 그대일까 괜히 눈을 뭉쳐 멀리로 던져봅니다. 행여 나를 보고 있다면 그 눈을 던져달라고 바라봅니다.

가로등 불빛 속 그리움의 하얀 입김이 눈 속으로 뭉쳐 사라지면, 그대도 그렇게 잊히듯 녹아 사라지겠죠. 그러다 다시 해가 비추기 시작하면 질퍽거리는 내 마음처럼 세상은 녹아내려 온통 수렁으로 보일 겁니다.

그대, 나는 그리움이 눈처럼 겨울에만 찾아오길 바라봅니다. 가을, 새벽안개가 내릴 때에도 여름 한철 소나기에도 자꾸만 그대가 보인다면, 그리움은 아프게도 홍수처럼 멈추지 않는 눈물이 될 겁니다. 그대가 지금 한겨울 시린 눈처럼 보고 싶어집니다. 지금, 저 먼 곳에서 바람이 불어오기 시작합니다.

스치듯 안녕

—

스쳐 지나는 게 세월뿐이겠는가
그대도 가고 어제도 가고
오늘도 말없이 스치듯 지워져가는데
낯선 나뭇가지 사이로 바람이 머문다
얼마나 반가웠는지 소란을 떠니
눈길이 머물다가 눈물이 난다
아직도 잊히지 않는 무언가가
가슴속 깊은 혈관 속 어디에 살고 있나보다
그저 스쳐 보냈을 뿐인데
그저 느꼈을 뿐인데
내 안에서 살고 있나보다
나도 모르는 내 안 어딘가
스쳐 지나는 건 아닐 터
그저 잊고 싶어 했던 바람일 뿐
내 안에 머문 채 살아가고 있다
그대도, 세월도

그대 깊은 강에서

푸르게 휘돌아 바람을 담았다
깊게도 무거우니 진정 그대를 어찌 잊겠는가
한낮 햇볕이 야할 때
수줍게 숨어버린 물결 속에
속내가 보일세라 어색하게 비춰진 내 모습
아른거려 밀려나갈 때 꿈에서 깬다
여기서 살고 싶다
푸르게 우거진 숲속으로 파란 집을 짓고
밤마다 떨어지는 별들을 담아서
저 깊은 강 속에 숨겨두자
나를 따라온 그대가 물속에 손을 담그면
손안 가득 별이 담기게
강 속으로 별들이 숨고
그대를 향한 내 깊은 사랑이 담기면
여기서 떠날 수 없는 운명이 깊어진다

사랑이 남는다

—

강물 위로 흐르던 낮과 밤
눈이 내리고 비가 오면
멈춘 듯 계절이 가고
우리가 사랑한 기억이
굽이치듯 여울목에
걸려 있다 물살을 일으키며
외롭게도 저만치 떠나던
바람이 뒤돌아보면
어느새 강은 속내를
감춘다
지금쯤은 날 잊었겠지
한번쯤 묻고 싶었는데
휑하니 계곡을 따라서
어둠을 좇아 바람이 떠난다
사랑이 남는다
여울목 그 자리 그곳
거센 물결로 돌아서

고분

—

길 위 바람이 머물다 간 자리
한 줌 흙을 손안에 움켜쥐고
하늘로 사라진 그들

먼지 되어 바람 되어 떠나면
우리를 기억이나 할까

푸른 동산 자그마한 정원
할미꽃 군데군데 피어나는데
늙는 서러움에 휘청거린다

데자뷰 일렁이듯 세월 지나면
눈물조차 메마른 바람이 지나쳐
이름 없는 고분으로 산다
길 위 바람이 머물다 간 자리
한 줌 흙을 가슴에 안고
그해 아팠던 그 이야기를 묻는다

사랑을 하면 피할 수 없는 것들.

누구든 흔들린다

수레는 두 바퀴로 서 있다. 우리는 둘이 서 있다. 바퀴는 둘이 되어야 서 있는다. 한낮이 존재해야 밤이 생긴다. 딜레마. 둘이 하나가 되기 위해서는 침묵하는 한쪽의 배려가 중요하다는 것.

누구든 흔들린다. 풀 한 포기 허리가 휘어지도록, 바람에 흔들린다. 흔들린다는 것은 자연스러운 것. 오늘도 우리의 삶은 흔들리고, 사람들은 아파한다. 사람을 위해 살고 사랑을 위해 사는 시간. 그 시간은 너무나 짧고 강렬해서 가슴을 찢는 아픔과 서러움을 불러온다.

혼자가 될 것이냐 둘이 될 것이냐, 흔들리지 않기 위해 버틸 것이냐 마음껏 흔들릴 것이냐. 선택은 너와 나의 몫. 딜레마는 어떤 것에서도 벗어날 수 없는 삶의 숙명. 살아가는 모든 이에게 주어지는 것. 흔들린다는 것, 삶이라는 것.

어린 겨울비

—

겨울비 내리면
아주 잠시 옷섬을 풀어야겠습니다

아프게 몸을 할키고
외롭게 하여도
어젯밤 일들을 동그랗게 만들다
아무도 모르게
잊게 해줄 겁니다

어린 비가
동그랗게
물방울을
예쁘게도 그려놓습니다

바람은 알게 한다

하늘을 머리에 이고 사는 이

땅 위를 짚고 서야 바람의 생각을 읽는

살아서 얻는 슬픔이 죄가 된다 해도

아파도 슬퍼도

죽어서는 느낄 수 없는

우리가 사는 이유를

바람은 알게 한다

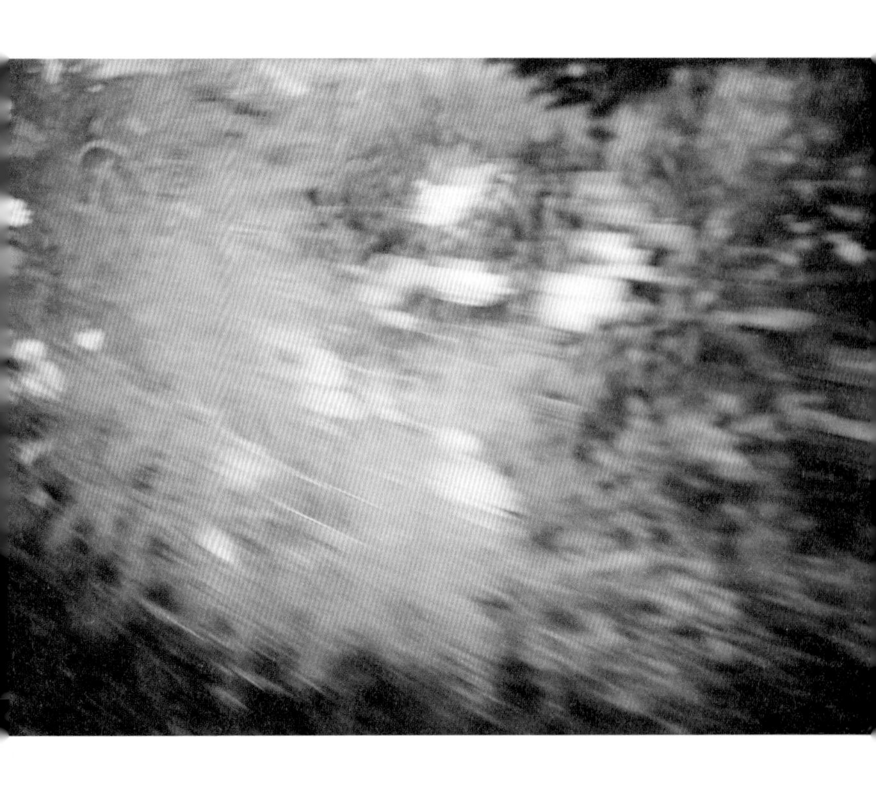

빈 의자

채우지 못하는 빈 의자로 살아간다

영원히 비워진 그 자리

오지 않을 서러운 그 기다림

내 눈 속에 세상이 흐른다

아침이면 눈을 뜬다

밤이 오면 눈이 감긴다

또 아침이 또 밤이

눈을 감는 게 잊는 건지

눈을 뜨는 게 사는 건지

멀리 보아도 가까이 보여도

잊는 건지 사는 건지

보이는 게 다르다

보고 싶은 걸 보는 걸까

보고 싶지 않은 게 보이는 걸까

눈을 뜨면 아침이 온다

눈을 감으면 밤이 온다

보고 싶은 마음에 눈을 뜨면
볼 수 없는 밤이 머문다
잊고 싶은 마음에 눈을 감으면
잊을 수 없는 아침이 온다

눈은 내 맘대로 뜰 수 있지만
볼 수 있는 게 보이는 게
내 맘대로 볼 수 없는 아침이 오고
밤이,

내 곁을 떠나지 않는다
사는 것도 잊는 것도
눈 속의 세상

아침이 오고 밤이 오면 껌벅이는 내 눈이

흔들리는 세상 속으로

사는 걸 잊고자 몸부림친다

눈을 뜨고 사는 건지

눈을 감고 잊는 건지

껌벅이는 눈 속으로

바람에 흔들리는 세상이 보인다

붓다

생각이 많아서 보리수나무
사랑을 받지 못해서 산속으로
기다림은 멀어서 눈을 감고
영원히 살지 못해 제 몸을 태웠다
가르치지 않았으면
가르칠 수 없으면서
가르칠 생각으로
눈을 감고 묵언을 했다
두 눈에 보이는 뜨거움을 잊고
손안에 잡히는 흥분을 누르고
발끝에 느껴지는 잔인한 교건을 내버릴 수 있다면
내 어머니도 내 아버지도
그리고 내 사랑도
잊는 게 영원히 사는 거라 했다
그가 그랬다
열반하는 그 순간까지 화두를 삼고
그도 그랬다
나와는 다른 곳에서 다른 이유로

멈춤

빛 속으로 사라져간다

제 몸을 지우고 사라져가는 것들

앞으로 가는 것들 속에 우리가 산다

멈춰버린 시간 속에 흐르는 건 우리뿐이다

삶은 언제나 정확히 멈추어 서 있건만 이내 사라진다

나는 누구인가

지나치는 그인가

멈춰버린 삶인가

아니면 모든 것인가

빛 속으로 사라지는 불나방 같은 우리가

화약 같은 번민을 안고

사라져간다

서러운 삶

—

바람에 흔들린다

풀 한 포기 허리가 휘어지도록

서러운 삶이다

지킬 수 있는 게 없다

여인보다 가녀린 삶

상처가 되는 게

바람뿐이겠는가

내리는 빗속에서

떠내려가는

희망이 보인다

바람에 꺾여버린

그 꽃 한 송이

빗물 속으로 사라지고

가을은 아프다

—

바람에 흔들리는 갈대가 가을이다
풀숲을 지나 갈대를 흔들면 어느새 햇볕이 뉘어진다
하루살이 운명인가
너무도 짧아서 그리운 계절
색색의 옷을 바꾸어 입는 이 가을
무심한 봄 그리고 여름을 지나서
흔들리는 가을을 맞는데
가을은 화려하게
마지막 거친 숨을 세상으로 불어댄다
갈대 위로 단풍 속으로 들녘으로
거세게 불어댄다

마지막 가녀린 숨을 몰아쉬던 가을이 지나치면

하얗게 지워버린 겨울이 온다

바람에 흔들리던 갈대도

툇마루 끝자락 술 한 잔 노래 한 곡 아프게 놓으시던

우리 동네 아저씨도

그렇게 하얗게 지워진다

바람에 흔들리는 갈대가

아프게 가을을 산다

붉은 핏물

꽃잎 떨어진다

붉은 핏물을 머금고

가슴에서 솟는

미친 번뇌를

쥐어짜듯 물들며

행주산성 돌멩이로

막을 수 없는 한계

침략당한 들 위로

숨은 레지스탕스

몸바쳐 지켜내기엔

하늘이 무심하다

날리어 떨어진다

뚝뚝뚝 짙은 색으로

핏물이 고이면

핏물에 젖은 내가

핏물로 씻어버린다

아무리 지워내봐도

점점 더 붉은 꽃잎 되어

바람에 날린다

지켜낼 수 없는 우리가

피를 흘리며 살아간다

크리스마스

—

가려진 크리스마스

오는 이 없는 곳

언제부턴가 산타는 없고

루돌프도 사라져

이제 누군가를 기다리는 양말은 없다

아니 소망이 없다

꿈을 잃은 세월 속

붉은색 산타는 명물로 전락하고

썰매를 팔아버렸다

갇혀버린 크리스마스

누구의 탄생이란 말인가

모두를 팔아버릴

그날을 기억하는 이

아무도 다

그대를 위한 바람이 분다.

그대

불안과 불투명의 안정되지 않은
안개 속에서의 답답한 기다림
그대여 이젠 나와주오
그대가 만들어놓은 세상 속에서

벽을 쌓고 강을 만들고
바람을 일으키고 안개를 뿌리고
결국 두려워하고
혼돈의 삶 속으로 빠져들었던,
휑해진 삶은 사막 한가운데 서서
메말라가는 죽음을 기다리던 그대

좌절 속에서 빠져나와
지금 여기에 서 있기를
나 그대를 걱정하오
내가 당신을 바라보오

솔비. 영원이라는 꿈. 캔버스에 아크릴릭. 72.7×90.8cm

참 좋은 사람

잊었던 목소리가 듣고 싶습니다

바람을 따라 무리지어 떠나던 가을이 보일 때쯤

오래전 예쁘게 웃던 아름답던 그가 보고 싶어졌습니다

어디서 무얼 하는지 잘 있는지 궁금해집니다

내 맘을 알는지 참 좋은 사람이란 생각에

며칠간 전화기에 그 사람 이름만을 써놓았는데

죄 많은 나는 당신을 생각하는 일로도 미안했습니다

그가 그렇게 떠나고

죄 많은 나는

그에게도 나에게도 죄가 되는 그리움을

아프게 묻었습니다

잊었는데 지웠는데 바람을 따라떠나던 가을

끝자락에 그가 있더군요

그 사람 목소리가 듣고 싶네요 이 가을에

이태경. w.s1201. 캔버스에 유채. 300x200cm. 2012

축제

빨갛게 흘러내리더니 꽃이 되어주는데

흑과 백의 세상을 날카롭게 찢어버린다

붉은 선혈을 내어놓아도 슬프지 않은

강렬함에 지배되는 세상을 바라본다

이 세상이 그랬으면

온통 파랗게 빨갛게, 그 무지개빛 색깔로

채워지길 바라는 내 심연 깊은 곳의 욕망

무채색 삶 속에 흘러내리는

깊고도 강렬한 본능을 위한

축제를 시작한다

아프도록 강렬하고 화려한

마지막 욕망을 위하여

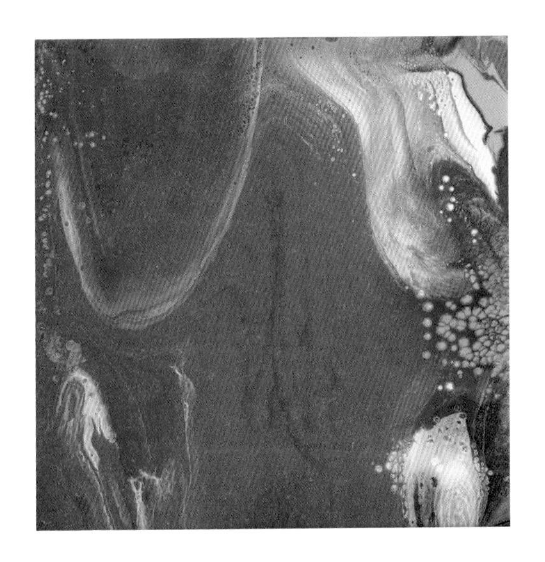

권현진. Visual Poetry#65. 캔버스에 혼합재료. 50×50cm. 2012

바람이 그림을 그렸습니다

손안에 바람이 스며들면
가슴에 품은 사연을 펼쳐놓는데
캔버스 그 속에 살아가는 색깔의 서러움이
가득하게 그려집니다

보이지 않는 곳을 향한 끝없는 열망
나도 모르게 그려놓는 그들을 보노라면
어느새 외로움을 밀어놓게 됩니다

그랬습니다
바람이 그렸습니다

색색의 사연을 그려놓고 떠나버리면
거짓말처럼 잠이 듭니다

영혼을 잃어버린 허전함은 중천을 지키는 허수아비처럼
그들이 떠난 뒤 홀로 남은 캔버스를 지키고 살아가겠죠

내 맘 가득 바람이 스치면
어느새 나는 무지개빛 그림이 되어 갑니다
그 바람을 따라서 말입니다

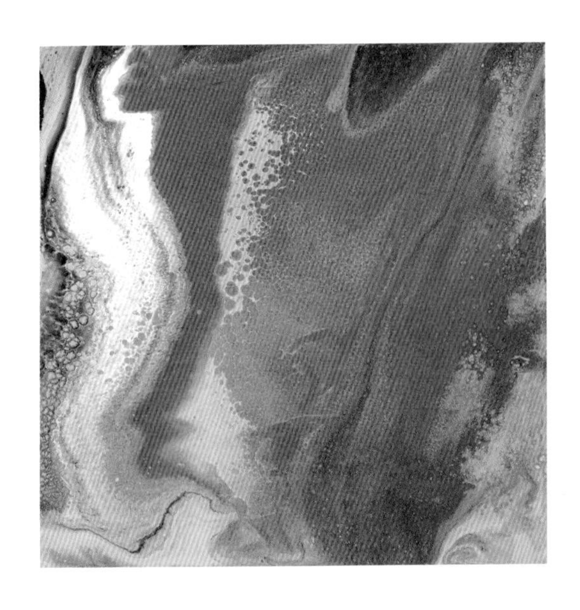

권현진. Visual Poetry#101_내 맘이 흔들리면. 캔버스에 혼합재료. 80×80cm. 2013

묵향

검게도 옷을 입었다

깊게도 사연을 담았다

눈물이 마르기 전 사연이 되었다

잊을 수 없어 수줍은 표현을 해보는데

향기가 꽃이렸다

제 몸에 천 년을 담아도

여전히 미련이 남는데

잊힐까 두려워 서투르게 춤을 보여주는데

아서라 지워지고 잊히는 게 어디 너 하나뿐이더냐

남는다 해도 초라해지니

제 빛을 잃지나 말자

눈 내린 화선지

지나간 자욱마다 네 몸을 다 주어야

천년을 살았던 그들이 있고

하늘 파란 화선지 매화를 심어야

네 향기에 취할 텐데

서러워도 검어도 지조가 있으니

깊게도 굳은 너의 몸으로

향기를 잃지 말아다오

하늘 아래 제 빛은 너 하나뿐이더라

땅 위로 향기는 네 몸에서만 뿌려지는구나

랑원. 이뮛고. 한지에 수묵담채. 130×160cm. 2010

인왕산 호랑이

발자국 소리에
바람이 옷을 입으면
검게도 짙은 구름 사이로
저 홀로 뽐내던 달이 숨는다

소리가 나던데
바람소리인지
어느새 돌아보면
하얀 입김만 남아 있고

거친 숨 몰아가며 두리번거릴 때
어느새 내 앞에 나를 보고 있구나

피를 뽑아 가져가는 그를 보면
나도 너도 모르게 혼미해져
인왕산 그가 나를 넘어 영혼을 뺏어간다

임채욱. Mt. Inwang 1302. 한지에 프린트. 62×100cm. 2013

바람소리인지

낙엽이 뒹구는 소리인지

나지막한 거친 숨소리가

저 멀리서 하얀 김을 뿜어대며

구름 속으로 달빛을 몰아넣는다

모두가 까맣게 지워지면

여기는 우리의 땅이 아닌

그의 사냥터가 되어버린다

OXFORD
PAPERBACK
Arabian Nights
LONGMAN
Study Dictionary
GONE WITH THE WIND
OSCAR WILDE
LAWRENCE
O. HENRY
RABBI JOSEPH TELUSHKIN
JEWISH WISDOM
CHARLES DICKENS

그대, 살다, 잊다
©김영호 2013

초판 1쇄 인쇄 2013년 10월 21일
초판 1쇄 발행 2013년 10월 25일

지은이 김영호

펴낸이, 편집인 윤동희

편집 김민채 임국화 홍성범
모니터링 이희연
디자인 이진아
사진 이지예 김민채
종이 실키카펫 SW 130g (띠지)
머메이드(백색) 200g (표지)
하이플러스 100g (본문)
마케팅 한민아 정진아
온라인 마케팅 백다흠 김희숙 김상만 이원주 한수진
제작 김애진 김동욱 임현식
제작처 영신사

펴낸곳 (주) 북노마드
출판등록 2011년 12월 28일 제406-2011-000152호

주소 413-120 경기도 파주시 회동길 216
문의 031.955.2646(편집)
031.955.8886(마케팅)
031.955.8855(팩스)
전자우편 booknomadbooks@gmail.com
트위터 @booknomadbooks
페이스북 www.facebook.com/booknomad

ISBN 978-89-97835-34-8 03810

○ 이 책의 판권은 지은이와 (주) 북노마드에 있습니다.
이 책 내용의 전부 또는 일부를 재사용하려면
반드시 양측의 서면 동의를 받아야 합니다.
북노마드는 (주)문학동네의 계열사입니다.

○ 이 도서의 국립중앙도서관 출판시도서목록(CIP)은
서지정보유통지원시스템 홈페이지(http://seoji.nl.go.kr)와
국가자료공동목록시스템(http://www.nl.go.kr/kolisnet)에서
이용하실 수 있습니다.
(CIP제어번호 : CIP2013019909)

북노마드